# PLAINTES
# DE LA FRANCE
## A SES PEVPLES
## SVR L'EMPRISONNEMENT
# DES PRINCES
## CONTRE MAZARIN

## M. DC. LI.

PLAINTE

DE LA FRANCE

À LA REINE

SUR L'ÉLOIGNEMENT

DES PRINCES

CONTRE MAZARIN

M. DC. LI

# PLAINTES
# DE LA FRANCE
## A SES PEVPLES
### SVR L'EMPRISONNEMENT
## DES PRINCES
#### CONTRE MAZARIN.

### I.

Toy qui renuerſes du tonnerre
La vaine pompe des humains
Et relleues des meſmes mains
L'obſcure humilité qui languit ſur la terre
Toy qui par des chemins ſecrets
Au gré de tes ſages decrets
Guides le cours fatal de la viciſſitude
Qui peuples les vagues deſers
Et qui fait vne ſolitude
Des pompeuſes Citez qui brauoient l'Vniuers

### II.

Toy qui formes & qui fais croiſtre
Les Troſnes les plus éclatans
Et qui les vas precipitans
Dans le premier neant dont tu les as fait naiſtre
Qui de mes Eſtats menacez
Par tant de longs ſiecles paſſez
As de ta forte main ſouſtenu la puiſſance
Meſme mal me preſſe aujourd'huy
Et ie n'ay pas moins d'innocence
Ne me ſert donc pas moins deſe cours & d'appuy.

## III.

Ie me vis sous le regne Auguste
D'vn Monarque dont l'équité
Fist toute ma félicité
Et ie vescus heureuse autant qu'il estoit iuste
Aussi choisit-il pour mon bien
Et pour le solide soustien
Du plus heureux Estat qui florissoit au Monde
Vn Ministre dont le bon-heur
Et dont la sagesse profonde
Ne donnoit point de borne à ma vaste grandeur.

## IV.

Si des mal-heurs l'énorme suitte
Si mes cruels destins changeans.
Si l'interest de mes Regens
A corrompu le cours de sa iuste conduitte
Si ie n'ay plus de Richelieux
Si le conseil des vicieux
Preside au Tribunal qui fait mes aduantures
Ne mets par leur crime en oubly
Vanger dessur eux mes injures
Mais las ne frappe point ceux qui n'ont point failly.

## V.

Leur conuoitise & leur enuie
Leur cruelle timidité
M'ont abbatuë & m'ont osté
Ce vigoureux esprit qui me donnoit la vie
Mon corps autres-fois si puissant
Maintenant foible & languissant
De ses extremes maux n'a plus qui les desiure
Traistres qui me percez le flanc.
Pensez-vous que ie puisse viure
Apres que vos fureurs m'ont osté tout mon sang.

5

## VI.

Vous auez d'vne fauſſe amorce.
Et d'vne perfide façon.
Deſſus le chef de mon Sanſon.
Porté les durs cizeaux qui trahirent ſa force.
Mais quelques ſeurs que vous ſoyez
Si fermement que vous croyez
Voſtre injuſte puiſſance à ce coup eſtablie.
On la verra ſous ſon effort
Dans voſtre ſang enſeuelie
Et ſon heur reſtably ſuruira voſtre mort.

## VII.

Pour rendre ma teſte affranchie
Des outrages d'vn triſte ſort
Il falloit tourner voſtre effort
Sur les vieux ennemis de cette Monarchie
Falloit-il auoir conſenty
A faire reuiure vn party
Que voſtre intereſt ſeul en fin ſe concilie
Pout abbattre mon haut renom
Pour rendre ma gloire abolie
Et peut eſtre m'oſter vn iour iuſqu'à mon nom.

## VIII.

Ie n'ay pas beſoin de redire
La longue & dure affliction
Dont leur cruelle ambition
Soubs pretexte de zele agita mon Empire
Nos meurtres encor tout nouueaux
Nos ruines & nos tombeaux
Nos Heros maſſacrez nos flames & nos peſtes.
Et tant de tragiques effects
Sont autant de boucher funeſtes
Qui ſe plaignent encor des maux qu'il nous ont faits.

## IX.

Que n'arrest iez-vous la furie
De tant de nouueaux conjurez.
De tant d'enfans defnaturez
De Monftres affamez du fang de leur patrie.
Ces fiers & perfides Geans
Ces gouffres aux meurtres beans.
Ces Serpens auortez de mes triftes entrailles
Qui recompenfoient mon amour
Par des fanglantes funerailles
Et defchiroient les flancs qui les mirent au iour.

## X.

Quand ils repaiffoient ma croyancë
D'vn fantofme honteux & vain
Leur cruelle & barbare fain
Nourriffoit fon ardeur de ma propre fubftance
Les meurtres de mes Citoyens
Eftoient les damnables moyens
Qu ils voulloient employer pour exerces leurs crimes
Et foüillans ma fidelité
Ils entrainoient dans leurs abyfmes
Mon amour mon deuoir auec ma liberté.

## XI.

Mais par vne eftrange foibleffe
Par vn horrible aueuglement
Par vn trifte abandonnement
Vn fecret Iugement du Ciel qui me delaiffe
Quand on abbat mes vrays Guerriers
On efleue mes meurtriers
Aux rangs qu'ont merité mes feruiteurs fideles
Et tout noirs de leur attentat
On met dans leurs mains criminelles
La feureté du Prince & l'appuy de l'Eftat.

## XII.

On enchaine mes fors Alcides,
Lors que d'vn deſſein plein d'horreur
On m'abandonne à la fureur
De tant de fiers Tyrans & de Monſtres auides
Ce grand cœur demeuré per clus
Son bras ne m'aſſiſtera plus
Et l'on n'entendra plus le bruit de mon tonnere
Quand mes ennemis triomphans
Mettront leur Troſne dans ma terre
Sur les triſtes tombeaux de mes plus chers enfans.

## XIII.

L'affreuſe & ſanglante megere
Soufflera mes feux inteſtins
Et la haine de mes deſtins
Ioindra ma propre rage à la rage eſtrangere
Nes cœurs contre nous animez
Nos bras contre nos bras armez.
Feront tomber par tout les coups de la tempeſte
A lors nons n'aurons plus le bras
Qui pouuoit garantir la teſte
Et nos mains puniront nos courages ingrats.

## XIV.

Lors dans vne horrible miſere
Toute la pitié Ceſſera
Le ſang propre ſe deſtruira
Le fils s'immolera par le meurtre du pere
L'enorme & la cruelle faìn
Ce monſtre auide parle & vain
Eſtouffera les fruicts dans le ſein de la terre
Mes amis ſeront mes tyrans
Et dans les fureurs de la guerre
I'auray pour ſeuls ſubiects des morts ou des mourans.

## XV.

A quoy sert d'estre magnanime
D'auoir si souuent combattu
Si cette sublime vertu
Si le merite passe auiourd'huy pour vn crime
Si desormais pour mes vainqueurs
Tous mes peuples n'ont plus de cœurs
Que pour tourner contr'eux leurs mespris & leurs (haines)
Si me deffendre est trahison
Si l'on met les vertus aux chaisnes
Si mes liberateurs meritent la prison.

## XVI.

Par vos maximes tyranniques
Les hautes vertus vont perir
Et qui voudra les acquerir
Si l'iniure est le prix des actes heroïques
Si l'on punit vn innocent
Et s'il faut qu'vn guerrier puissant
Et des indignes fers trouuer sa recompense
Qui voudra me seruir d'appuy
Et pourront pour ma deffence
Ceux qui seront moins forts & moins puissans que luy.

## XVII.

Combien de victoires gaignées
Par combien d'actes genereux
At il rendu mon regne heureux
Depuis qu'il a pour moy les armes empoignées
Des premiers coups de sa valeur
Sur le point que nostre malheur
Auoit fait trebucher d'vne cheute commune
Le Royaume & le Potentat
Malgré la mort & la fortune
Ne fist il pas reuiure & le Prince & l'Estat.

Pouuons

## XIII.

Pouuons nous douter qu'il nous aymë,
Il a deſtruit nos ennemis,
A nous meſme il nous a ſoubmis,
Il nous a preſerué de nous contre nous meſme,
Pour nous rendre le doux repos
Que nos fureurs mal à propos
Troubloient d'vne licence & trop longue & trop forte,
Il fit ceſſer tout ſon pouuoir,
Et par l'amour ſeul qu'il nous porte,
Nous força de nous meſme à rentrer au deuoir.

## XIIII.

Trop hautaine & trop temeraire,
Il m'abaiſſa pour m'eſleuer,
Il m'expoſa pour me ſauuer,
Et ce remede fut à mon mal neceſſaire,
Comme vn ſubit & fier torrent,
Se deſtruit luy-meſme en courant,
Et par ſa violence abbat ſa violence:
Ainſi mon Eſtat en fureur
Se perdoit dans ſon inſolence,
Et par ſa propre force abaiſſoit ſa grandeur.

## XV.

Mais quand ſon cœur par ma licence
Eſt ſi iuſtement animé,
Il voit qu'on ne l'auoit armé
Que pour venger l'affront qu'attira l'imprudence:
Son bras ſans ſon intention
Seruit la noire paſſion
De l'inique tyran qui ma perte a iurée,
Et ne ceſſant de la chercher,
La trouue à la fin aſſeurée
En attachant les mains qui pouuoient l'empeſcher.

## XVI.

S'il faut vn grand Heros deſtruire,
Et ſi l'on doit moins l'eſleuer,
Parce qu'il a ſceu me ſauuer,
Qu'on ne doit l'abaiſſer parce qu'il me peut nuire,
Si cette iuſtice d'Eſtat,
Et ſi ce licite attentat
Doit eſtre de mon bien vne ferme aſſeurance,
Exercez-les ſans paſſion,
Et du moins faites difference
De l'infidelité d'auec l'ambition.

## XVII.

Non il n'en veut pas à ma gloire,
Et loin d'enuier ma grandeur,
Son innocente & noble ardeur
Ne cherche que pour moy le gain d'vne victoire;
Si ce haut & ſenſible honneur
Ne faiſoit pas tout ſon bon-heur,
Il feroit peu d'eſtat de l'eſclat qu'il luy donne,
Et croit qu'on peut plus meriter
A maintenir vne Couronne,
Qu'on ne ſçauroit auoir de gloire à la porter,

## XVIII.

Si ſon credit eſt redoutable,
S'il eſt à mon Eſtat fatal,
Voſtre imprudence a fait ce mal,
Voſtre meſme imprudence en eſt ſeule coupable:
Pour bien faire il falloit ozer,
S'il demandoit le refuſer,
Agir d'vne puiſſance abſoluë & royalle,
Et garder voſtre authorité
Où voſtre crainte deſloyalle
N'a monſtré que foibleſſe & qu'infidelité.

## XIX.

A-t'il de plus hauts aduantages
Que mes autres Guerriers n'ayent eus,
Quand mes ennemis abbatus
Ont gemy sous l'effort de leurs braues courages;
Si son illustre & noble sang
Merite encor vn plus haut rang,
Pourquoy destruisez-vous auec la violence
Et des motifs trop inhumains
Les iustes fruicts de sa vaillance,
Les droits de la nature, & l'œuure de vos mains.

## XX.

Vous pensiez que cette victime
Deuoit dissiper vos terreurs,
Mais vos craintes & vos erreurs
Ne peuuent iustement s'effacer par vn crime:
Cependant nous l'approuuons tous
Vous faites pecher auec vous
Mes peuples abusez de vos noires malices;
Et benissant vostre dessein,
Vous rendez leurs plaisirs complices
Des coups dont vos fureurs leur ont ouuert le sein.

## XXI.

D'vn subtil & doux artifice
On les perd parce qu'il leur plaist,
Et leur haine aueugle qu'elle est,
Par vn chemin de fleurs les meine au precipice;
On les frappe en les obligeant,
Et l'on les tuë en les vengeant,
D'vn coup qui fait ensemble & leur ioye & leur perte,
Et d'vne horrible trahison
Dans la coupe leur est offerte
Sous la douceur du miel la rigueur du poison.

## XXII.

Vn Miniſtre obſcur ſans naiſſance
Pour eſtablir ſes noirs projets,
Corrompt ou deſtruit mes ſubiets,
Eſloigne mon repos, diſſipe ma finance:
Il a de mon peuple oppreſſé
Le ſang goutte à goutte ſuccé,
De tous mes Officiers épuiſé la ſubſtance,
Attaqué mes Corps ſouuerains,
Et pour comble de ma ſouffrance
Il met tous mes ſoldats l'vn contre l'autre aux mains.

## XXIII.

C'eſt pour me ietter dans le gouffre,
Si ſa main conduit mon timon,
Et s'il paſſe pour mon demon,
C'eſt vn demon qui porte & la flame & le ſouffre:
Traiſtre, de mon bien ennemy,
Dragon, qu'a ſur moy reuomy
Vne terre où l'enfer voit regner ſes malices,
Retourne en ces infames lieux,
Remporte auec toy mes ſupplices,
Et laiſſes en repos icy regner mes dieux.

## XXIIII.

Vous perſonnes ſages & habiles
Qui compoſez mes Parlemens,
Par les genereux mouuemens
Qui portent les grands cœurs aux choſes difficiles,
Par vos aduis, par vos Arreſts,
Prenez en main les intereſts
Qui me ſont ſi ſacrez & ſi conſiderables,
Et par des reſolutions
Dont les grands eſprits ſont capables,
Sçachez faire valloir les Declarations,

C'eſt

## XXV.

C'eſt vous qui tenez la balance
De la ſouueraine equité,
Et dont la iuſte auctorité
Maintient auec candeur les graues loix de France;
S'ils ont peché contre l'Eſtat,
S'ils ont commis quelque attentat
Contre la Royauté, que leur teſte en reſponde:
Mais s'ils ſont de tout crime exempts,
Que voſtre Iugement confonde
Les calomniateurs des Princes innocens.

## XXVI.

Et vous qui depuis tant de luſtres
Fuſtes mes braues defenſeurs,
Nobles & dignes ſucceſſeurs,
De l'ancienne vertu de vos peres illuſtres,
Vous qui vous viſtes tant de fois
Hardis teſmoins de leurs exploits,
Verrez-vous ſans trahir le ſang qui vous anime
Et l'amour que vous me portez,
Qu'vn pouuoir tyrannique opprime
La Vertu qui me garde, & que vous imitez.

## XXVII.

Ames trop long temps obſtinées,
Sentez enfin voſtre douleur,
Peuples voyez voſtre malheur
Dans celuy d'vn Heros qui fait vos deſtinées,
Depuis que le Ciel mit en luy
Tout ma force & mon appuy,
Voſtre ſort & le ſien, contraire ou fauorable,
Sont liez d'vn meſme lien,
Et le meſme coup qui l'accable
Reſpand en meſme temps voſtre ſang & le ſien.

## XXVIII.

Ouurez les yeux à vos ruines,
Le precipice est sous vos pas,
Et prests à donner le trespas,
Les glaiues sont tournez sur vos tristes poitrines,
Ne soyez donc plus aueuglez,
Et ne soyez plus conseillez
Par les pretextes faux d'vne ingratte malice,
Consultez bien vos interests,
Vostre deuoir, vostre iustice,
Et regardez vn peu vostre mal de plus pres.

## XXIX.

Ne perdez pas la souuenance
De ce que leur bras vous valut,
Rendez leur salut pour salut,
Et pour vous deliurer faites leur deliurance,
Des mesmes coups sur eux lancez
Vos propres chefs sont menacez,
Vous estes exposez aux coups du mesme orage,
Fuiez tant de maux preparez,
Et de peur d'vn commun naufrage
Sauuez-vous par le port que vous leur ouurirez.

**FIN.**